천 년의 바람

P.S 기획시선 1

천 년의 바람

김남권

시인의 말

그늘이 자꾸
눈에 밟힌다

나는 살아오는 동안
누구의 그늘이 된 적 있었던가

그늘이 깊어야
생명을 품을 수 있다

그늘이 깊어야
날개를 쉴 수 있다

그늘이 깃들어야
벌레 한 마리도 키울 수 있다

꽃그늘이 시작되는

봄의 입술에도

젖꼭지 하나 물려주어야 할 텐데

- 2023 가을 초입에

다시 새 봄을 기다리며 쓰다

김남권

/차 례/

제1부 부르지 못한 별의 노래

제2부 밑의 사회학

제3부 **면국통일麵國桶一**

제4부 **'내자'는 가고 '하니'가 왔다**

제1부

부르지 못한 별의 노래

차마, 처마

처마는 사랑이다
내가 높은 빌딩도 펜트하우스도
부러워하지 않는 이유는
처마가 없기 때문이다
처마가 없는 집은 인정머리가 없고
처마가 없는 집은 그늘이 없다
그늘이 있어야 새들도 집을 짓고
그늘이 있어야 벌레도 쉬어갈 수 있다
처마를 만들 줄 아는 사람의 가슴에는
꽃도 깃들고 별도 깃들고 그리움도 깃든다
한 뼘이라도 처마를 내어주는 사람,
한 숨이라도 그늘을 만들 줄 아는 사람은
사랑이 깃든 사람이다
지나가는 사람도 처마가 있어야 비를 피하고
처마가 있어야 마음 놓고 울 수 있다
새들도 처마 아래서 가족을 만들고
빛을 모은다
처마의 그늘에서 깊어진 눈빛,
처마를 벗어나는 순간
사랑의 지팡이를 짚어야 한다

그리움의 성호

원주터미널 옆 초록거리,
까마귀 한 마리 인도에 내려앉아
그리움을 쪼고 있다

수백 년 벚나무 심장 속에 머무르던
바람의 무늬를 줍고 있다
툭 툭 부러진 여린 가지를 물어와
오래된 그리움을 깁고 있다

벚나무 가지마다
그녀의 가슴에서 따라온
붉은 주파수가 수직으로 내려앉고
물결처럼 스쳐 지나가는 발자국마다
상처를 읽는다

말을 잃어버린 까마귀
정오의 햇살을 물고 수평으로 날아가고
오후의 햇살이 합장을 했다
그리움의 성호가 완성되었다

쓰윽,*

아끼던 사기그릇이 깨졌다
쓰윽, 손바닥을 스치고 지나간 기억은
첫사랑의 뜨거운 느낌을 뚝 뚝 흘리고 있었다

새하얀 피부에 장밋빛 루즈를 바르고
터질 듯 육감적인 몸매를 찰랑거리며 지나가던
여자를 쓰윽, 한 번 쳐다보듯

뜨거운 사랑은 언제나
뜨거운 피를 부르는 법,
인류가 시작된 이후로
에로스도 시저도 막지 못한 뜨거운 간음의 흔적이
일어나고 있다

아끼는 그릇일수록 손을 타게 마련이다
아끼다가 한순간 쓰윽, 허튼 손길에 깨지고 나면
뚝 뚝 피눈물을 쏟을 수밖에 없다

---

* 한창옥 시인의 시 '쓰윽 베이다'에서 영감을 받아썼다.

비싼 그릇일수록
깨지고 나면 그 흔적은 더 날카롭다
첫사랑이 깨질 때
나를 쓰윽, 베고 지나갔던
그 눈빛처럼,

침묵을 침묵하다

원주에서 제천 가는 중앙선 철로가 텅 비었다
치악산의 내장을 훑으며 터널 속을 한 바퀴 돌아 나오면
방금 지나온 철길, 까마득한 절벽 아래로
내려다보이던 팔십 여년 수탈의 기억이 사라졌다
안동 가는 케이티엑스 철로가 새로 개통 되면서
뿌리의 기억을 송두리 째 뽑힌 철로가
어디론가 사라지고 갈 곳 잃은 침목들이
신림역 폐 역사 플랫폼에 관처럼 쌓여 있다
서로의 입에 단단하게 재갈을 물리고
차곡 차곡 차곡,
봉인된 주검들로 누워 있다
팔십 년대 어느 날 광화문 광장에서, 종로에서,
대학로에서 주먹을 높이 들었다가
포승줄에 굴비처럼 엮여 끌려갔던 한열이도
무명씨도 저렇게 수없이 재갈을 물렸었다
책상을 턱 치니까 억, 하고 죽었다던 그놈의
입도 수십 년 동안 침목처럼 눌려 말이 없었다
그리고 팔십 년대 그날 이후로 나는
여전히 철로가 식지 않아 입이 가볍다
무기력하게 누워 있는 비겁함이 싫어
켜켜이 쌓인 채 팔려가던 아프리카의 노예들처럼

어둠 속에서도
뜨거웠던 침묵의 온도를 기억하며 말을 걸고 있다

침묵을 걷어 냈다고 침묵은 강요하지 말라고
침묵은 나이듦의 징표라고,

그라목손*

토요일 아침 일곱 시,
영등포구청 환승역에서 술에 취해
비틀거리며 걷는 청년을 보았다
검정색 코트에 정장을 하고 슬픔을 가누지 못하던
아버지의 발걸음처럼, 좌우로 흔들거리며
5호선에서 2호선으로 가고 있었다
나도 저렇게 평생을 흔들거리며 왔다
아무도 붙잡아 주지 않았고
아무도 큰 소리 치지 않았다
새벽을 지나도록 술을 마셔도
허구한 날.
모르는 여자의 치마폭에서 잠이 들어도
매일 매일 헤어질 결심을 한 탕웨이처럼
바닥이 보이지 않는 물속을 헤엄치며 여기까지 왔다
나는 오늘 김포에서 제주로 간다
한 번도 날아본 적 없는 내가 드디어
구름 위를 날아 하늘 한가운데로 들어간다
아침 일곱 시의 그 청년은 2호선 터널 속으로
들어가고 있을 것이다

---

* 맹독성 제초제로 사람에게 치명적이다.

비척 비척, 슬픔을 가누지 못해 그라목손을 마신
이십 수년 전,
내 아버지처럼

진주 가는 길

대구에서 합천 지나 진주 가는 길,
마을을 내려다보는 산자락 너머로
이른 저녁 반달이 진주성까지 따라왔다

황금들녘을 바라보는데
마을 사람들의 입김이 모여 들었는지
무서리를 훔쳐온 안개가
야트막한 산자락을 가리고
야트막한 집들을 가리고
검푸른 저녁을 짓고 있었다

바람 한 점 불지 않았다
사람들은 모두 집으로 돌아갔는지
오솔길에도 사람의 흔적은 보이지 않았다

버스가 진주에 도착했다
반달은 함양에서 진주까지
차도 타지 않은 채 따라와
촉석루 용마루 위에서
논개의 울음소리로
여독에 지친 가슴을 파고들었다

남강물이 밤새 뒤척이며 강낭콩 보다
붉은 하늘을 깨물었다

눈물의 온도를 재다

- 노근리 쌍굴다리에서

나는 그대가 흘린 눈물의 온도를 알고 있다
고압선 전류를 온 몸으로 느끼며 서 있던
까마귀처럼,
세상의 물줄기를 건너오느라 뜨거웠던 발바닥이
허물을 벗고 공중 빈 곳을 찾아 고요한
새 움 하나를 틔우는 동안,
사랑의 언어를 데려와 초저녁 별꽃 하나를
피우지도 못했다
밤새도록 달이 뒤척이는 소리에
꽃의 체온을 재는 것도 잊어버리고
규당 고택 암기와 사이에 돋아난
와송의 허리를 잡고
잠을 설치는 날이 늘어만 갔다
밤 열차가 황간 터널을 지나갈 때도
쌍굴다리 너머에서 들려오는
비 오듯 쏟아지는 콩 볶는 소리를 이명이라고
생각하며 심장이 뜨거워졌고
피가 거꾸로 솟는 기분을 느끼면서도
칠십이 년의 별빛이 기억하고 있는
그 길을 차마 건널 수가 없었다

코스모스 삼백 송이가 침묵의 함성을 울리며
경부선 열차가 지나갈 때마다
시커먼 벽, 못 속에서 깨어나 흰 날개를 팔딱거리며
날아오르는
나비의 몸짓을 외면할 수밖에 없었다
밤마다 붉은 종을 울리는 오래된 벽 속에서
나는 차마 그대가 흘린 눈물의 온도를
만질 수가 없었다

무진 기행

오늘 아침에도 나는 푸른 안개가 지독한
무진에 다녀왔다
내가 이십 대를 지나 올 무렵처럼
한 치 앞도 안 보이는 갈대숲 사이
바람도 잠들어 있는 길을
온 몸 흠뻑 젖으며 걸어갔다
언제부턴가 강의 이쪽과 저쪽은
다리로 이어졌지만
사람들은 서로 갈라져서 오일장에도
나타나지 않았다
하루에 한번 안개가 손을 맞잡을 때
다리를 건너는 사람들은
미처 서로의 얼굴을 확인할 새도 없이
가벼운 목례로 부딪히지 않으려는
몸짓만 보일 뿐이었다
새들도 아직 비상하기 전,
물고기들이 일제히 물 위로 뛰어 올라
휘파람을 불면 드디어 갈대가 흔들리고
안개가 마른 수건을 준비한 채 내 얼굴을 닦아주었다

안개는 물고기의 언어, 강물의 숨소리로
세상의 말들을 불러 모아 아침 해가 뜨기 전
번제를 올리는 것이었다
평생 동안 하루에 열 마디 정도밖에 하지 않았던
아버지의 말이 물고기의 언어로 녹고 있다
포구에서 느낌표 하나로 누워 있는 낡은 배 위로
대낮의 별빛 사리가 쏟아지고 있다
아무래도 아버지가 돌아오실 때가 되었나 보다

아버지의 봉투

어린 시절 아버지의 귀갓길이 기다려지는 건
오직 누런 봉투 때문이었다
어떤 날은 따끈따끈한 호떡이 들어 있었고
어떤 날은 김이 폴폴 나는 군고구마가 들러 있었다
한 달에 한 번 월급날엔 튀긴 통닭이 들어 있었다
그 때는 솔직히 아버지 보다 누런 봉투가 더 기다려졌다
취기에 얼굴이 붉어진 아버지가 잠바 주머니에서
수줍게 꺼내 놓던 월급봉투도 누런색이었다
그래서인지 몰라도 내가 아버지 나이를 넘긴지
한참 지난 지금도
길거리에서 누런 봉투를 들고 가는
남자들을 만나면 그 속의 내용물이 궁금해진다
한 달에 한 번 받는 월급봉투마저 사라진지 오래고
시장에서도 길거리에서도
음식이 까만 비닐봉지에 담기면서
우리는 각자의 동굴을 만들기 시작했다
가난했던 시절 아버지가 들고 들어왔던 누런 봉투는
가난하지만 희망을 잃지 않았던 유일한 온기였다
봉투 하나를 전해 드릴 아버지마저 사라진 지금

나는 아무리 맛있는 음식을 먹어도
아버지의 누런 봉투 속에서 꺼내 먹던
호떡 군고구마 튀긴 통닭만큼
배가 부르지 않다

허겁劫, 지겁劫

주천 파주 식당 앞 버스정류장에
어르신 몇 분 나란히 가을 햇살을 받고 앉아 있다
제천 가는 버스를 기다리는지 황둔 가는 버스를 기다리는지
모르는 할머니들이 앉아 서로의 안부를 묻고
호구조사를 하는 동안, 형제 슈퍼에서 나온 아저씨 한 분,
빵과 우유를 할머니에게 건넨다
"에구구, 이걸 어쩌나 내가 괜히 배고프다는 얘기를 해 가지고
비싼 빵을 사오게 했네"
두 시 반이 지나도록 점심 값이 아까운 할머니의
혼자 말을 들은 아저씨가 슬그머니 슈퍼에 들러
빵과 우유를 사가지고 나와 무심하게 전해 주었다
할머니는 허겁지겁 빵을 먹고 우유를 마시고
허리를 편다
저렇게 수십 년을 배 곯아가며 자식들 입에 들어갈
음식을 생각했을 것이다
택시비도 아까워 한두 시간씩 정류장에 앉아
햇살을 세고 있었을 것이다
젊은 시절 겁 없이 걸어 다녔을 수십 리길을
이젠 버스로 십 여분이면 도착하지만
기다리는 시간이 몇 곱절은 더 길어진
아무리 생각해도 본전 생각이 나는 겨울 버스정류장에서

점심시간을 한참 지나 아들 같은 남자가 건네주는
빵과 우유를 먹는다
속은 허해지고
겁은 많아지고
시간은 없는데
끊어지지 않는 겁劫은 기약도 없이 멀어진다

부르지 못한 별의 노래

어머니는 화전민의 아내였다
열여섯에 시집 와 열일곱에 나를 낳고 보리죽으로
연명했다 화전엔 감자와 메밀밖에 심을 수 없어서
낟알로 된 곡식 구경하기가 하늘의 별 따기였다
어린 어머니는 젊은 시어머니를 따라
산으로 들로 나물을 뜯으러 다녔고
아버지는 농사일보다 투전판으로 어울려 다녔다

이 년 뒤 남동생이 태어났지만 살림살이는
좀체 나아질 기미를 보이지 않았고
싸립문 밖은 늘 굶주린 부엉이 울음소리로 가득했다
이듬해 함께 월남해 화전을 일구던 큰아버지가
원인 모를 병으로 숨을 거두고
어머니는 두 살 된 남동생만 데리고 집을 나갔다

그렇게 사춘기가 지나도록 어머니는 돌아오지 않았다
아버지도 돌아오지 않았다
그리고 할머니가 별을 보는 시간이 늘어날수록
내 외로움도 늙어가기 시작했다

열일곱에서 시작한 객지 생활 내내 어머니는
방구들 속 고무래처럼 따라왔고
아버지는 먹구름처럼 몰려와 나는 아무것도 할 수 없었다
지금도 나는 초저녁 하늘만 쳐다보면
차마 그 별의 이름을 부르지 못한다

입장정리

아무리 착한 동물도 입은 날카롭지
아무리 순한 짐승도 입을 벌리고 밥을 먹을 때
건드리면 물리고 말지
아직 이가 나지 않은 아기는 울음을 터뜨려
이빨 자국을 내지
오두막집에 들어갈 때도
궁전으로 들어갈 때도
입을 열어야 하고
기차를 타고 버스를 타고
비행기를 탈 때도 입을 열어야 하지
그런데 정작 그 사람의 마음속으로 들어가는
입을 찾지 못해 나는 여전히 길 위에서 방황을 하고
우주로 돌아가는 입을 찾지 못해
수십 년째 지구를 방황하고 있지
그렇지만 참으로 다행인 것은
내가 좋아하는 나비는
날카로운 이빨이 없다는 거야
그 아름다운 무늬로 햇살을 탁본하고
키 작은 대롱으로 수액을 빨아 먹는다는 거야
나도 이제 이빨을 그만 써야 할 때가 된 것 같아

마시멜로

논바닥 한가운데 커다란 마시멜로가 누워 있다
가지런히 발목이 잘린 채로
푸른 이끼를 꿈꾸며 누워있다
밤 새 별의 안부를 물고 돌아와 하늘의 언어를
부려놓은 논바닥은 다시 푸른 못자리로
돋아날 씨앗을 간직한 채 동면에 들었지만
습지 아욱도 아닌 것이 설려자라는 고운 눈 인절미의
이름을 품은 저 마시멜로의 내장 속엔
발목이 잘려 피 흘리는 볏짚이 가득 들어있을 것이다
겨울을 날 소의 내장을 덥히고
그의 살갗을 덥히고 숨을 덥히고
인간의 목숨을 덥힐 것이다
들판에서 산에서 바다에서 발목을 잘린 것들은
오직 마시멜로가 되기 위해
겹겹이 싸인 비닐 속에서 뜨겁게 발효되고
체온을 불려갈 것이다
아직 발목이 멀쩡한 나는 언제 발목을 잘라
어리고 착한 생명들을 키울 것인가
설탕에서 실을 뽑아 달달한 집을 짓는
저 숨 가쁜 순간을 무엇으로 덥혀
푸르게 할 것인가

스마트 좀비를 찾습니다

한 무리의 좀비들이 휴대폰을 보며 걸어간다
열 칸짜리 지하철의 통로를 따라
태초에 길을 만든 조상들처럼
영혼이 빠져나간 미확인 물체들이 줄지어 이동 한다
환승역을 알리는 안내방송이 나오고
좀비들은 우르르 2호선에서 4호선으로 갈아탄다
출근길에도 퇴근길에도 나들이 길에도
하루 종일 피 흘리는 것조차 잊은 채 몰려다닌다
주요 서식지는 지상의 콘크리트 구조물 속이지만
햇빛을 두려워하는 습성 때문에 낮에는 주로
지하에서 생활한다
이십일 세기 새롭게 진화한 좀비들은 손바닥의
불빛을 따라 이동한다
밥 먹으러 갈 때도 술 마시러 갈 때도
장례식에 갈 때도 손바닥만 한 화면이
지시하는 대로 움직이고
생각하고 배설한다
좀비를 잡는 방법은 한 가지 뿐이다
길목마다 빨간 눈의 여우들이 잠들어 있을 때
슬쩍 애플파이나 초코파이로 바꿔치기 하고
그 자리에 별자리를 찾아가는 지도를
남겨두면 된다

메밀하다

평창 재래시장에 가면 하루 종일 앉은뱅이 의자에
쭈그리고 앉아
부치기를 굽는 할머니들이 있다
집집마다 수십 년씩 같은 자리를 지키고 있는
할머니들은 늘 같은 자리에서 메밀전을 부치고
전병을 말고 수수부꾸미를 지진다
둥그런 솥뚜껑을 엎어놓고
굽은 허리를 녹여가며 둥글게 둥글게
반죽을 펴는 동안,
메밀은 봉평 산자락의 비탈 밭을 내려와
속이 허전한 사람들의 너른 초원이 되었다
메밀나라 경원이네 메밀이야기 남촌부침 평창메밀부치기
집집마다 수십 년 단골들의 지지를 받아
서울로 원주로 대구로 수원으로
아침마다 메밀을 부치고 있다
메밀이 지나간 길은 순하다
흐뭇한 달빛에 숨이 막힐 지경이다
구월의 소금꽃을 그러안고 솥뚜껑 위에서
고랭지 배춧잎을 붙잡고 누워 있는
저 메밀의 심장에 한 세기를 건너온
평창 할머니들의 눅진한 자서전이 녹아 있다

신밧드의 모험

보랏빛 얼굴 수줍게 내민
제비꽃을 보다가
뽀얀
막걸리 잔에
꽃잎 똑 똑 띄워
홀짝거리며 마시던 고 계집애가 생각났다

열일곱,
젖살이 뽀얗던
우윳빛 허벅지 사이,

내가 최초로
미지의 밀림 속을 기어 들어갔을 때처럼
그 철들 지 않은 동굴 속에서 하룻밤만
잠들어 봤으면,

제2부

밑의 사회학

몽유도화도夢游桃花圖

이백 년도 더 지나 보이는
한옥 툇마루에 열 살 남짓 되는 여자 아이가
쪽진 머리를 하고 앉아 있다
대숲에선 푸른 바람이 불어오고
들판을 가로질러 흘러가는 강물 소리를 물고 온,
새들이 감나무 가지에 앉아 아이를 쳐다본다
아무도 없는 텅 빈 집에 홀로 앉아
바람을 고르고
햇볕을 고르고
소리를 고르던 여자 아이가
하늘의 무늬를 물고 방그레 웃는다
아하, 대낮에도 별이 뜰 수 있구나
꽃을 물고 별이 될 수도 있구나
이백 년이 지나도록
한결같은 숨을 쉬며 빈 집에 깃들어 사는
꽃 한 송이 때문에
나는 왜 숨이 막히는 걸까

독거사獨居寺 주지스님은 부재중

매주 토요일과 일요일 나는 평창에 있는
작은 암자로 들어간다
벌써 이십 여 년, 주말마다 묵언수행 중이다
어쩌다 속세의 이쁜 것들이 부르면
음주가무로 파계를 하기도 하지만
육보시는 받지 않는다
강원도 산골의 땡초라고 우습게보지 마라
법랍 삼십 년이 넘었다
사판승답게 육식은 하지 않는다
주중에는 법문 하느라 입이 부르트고
주말엔 묵언수행으로 화두를 깨치느라 분주하다
산골짜기를 돌아 흐르는 강물도 부처요
산자락을 타고 내려오는 바람도 부처요
나뭇잎을 만지고 내려오는 물안개도
부처인 걸 아는 사람 흔치 않다
일 년에 백일, 독거사 주지로 사는 나는
장암산을 품에 안고 흐르는
평창강의 햇살 보시만 받는다

소문나면 안 되는 국밥집

종로3가, 낙원상가 아래
아흔 다섯의 나이에 이 세상 첫 소풍 끝내고
돌아가신 송해 선생님의 60년 단골집,
소문난 국밥집에 들렀다
팔십 년대 오백 원, 구십 년대 천 원,
이천 년대 천오백 원, 지금은 이천 오백 원,
“세상이 아무리 바뀌어도
누구나 밥은 배불리 먹어야지”
“배는 곯지 말아야지”
라면 한 그릇에 오천 원이나 받으면서 남는 게
없다는 배짱 좋은 늙은 여우들을 쳐다보다가 그만
밥맛이 떨어져 다시는 그 집에 안 가기로 한 건
참 잘한 일이다
“가격도 진짜 놀랄 만한데 맛도 있어요
국물 맛이 아주 깊은 게 밥 한 공기 뚝딱입니다
인근 학생들도 종종 오네요”
댓글을 읽다가
어디 학생들뿐이랴, 파고다 공원의 퇴역한 의자왕,
노숙자, 관광객도 찾는 맛 집이다
우거지해장국 2,500원 추가 공기 밥 1,000원 소주 3,000원
계란 후라이 두 개 2,000원, 이만하면

배 터지게 먹고 기분도 좋아지지 않겠는가
사람 사는 세상 이만하면 살만하지 않겠는가
건너편 김밥 먹으면 천국 간다는 분식집
라면 한 그릇에 5,000원이다
저승의 송해 선생님 아시면 벌떡 일어나
돌아오실 일이다

길

나의 소년 시절은
학교를 가기 위해 매일 삼십 리 길을
지겹게 걸어 다녀야 했다
차비가 없기도 했지만
일 년에 한두 번 차비가 생겨도
버스를 타기 보다는
잡지책을 한권 사보고,
핫도그 하나를 사먹는 게 좋았다
그렇게 십 년 넘도록 다져진 다리로
군대 생활 내내 백 킬로 행군을 세 번이나 견디고
유격 훈련을 네 번이나 버틸 수 있었다
이십대를 지날 때는 월부 책장사로 하루 백리 넘게
걸어 다니면서 서울의 골목 지리를 손금 보듯 읽었다
지금은 내가 살던 대금산자락 폐허가 된 집터에도
차가 들어가고 전기도 들어가지만
나는 일부러 걸어서 다닌다
어쩌다가 낯선 곳에라도 들르는 날이면
일부러 한 시간쯤
일찍 나가 벚꽃 핀 가로수 길을 따라
꽃비를 만지고 낙엽 지는 인도를 따라
나무의 마지막 심장 소리를 듣기도 한다

나의 장년 시절은
좋은 사람을 만나기 위해
그 길 위에서 선재동자를 만나러간다

빈집

텅 빈 방안에서 일 년 치의 허무를 걷어내고
밑줄을 긋는다
아버지의 죽음으로부터 시작해야 하나
어머니의 가출로부터 시작해야 하나
고민하다가 먹구렁이 한 마리의 출현으로
시작하기로 했다
첫 줄에 길게 지나간 뱀의 흔적을 적고
앞산에서 밤마다 울던 부엉이의 울음을 적고
초여름 어둠속을 목이 쉬도록 울어대던 개구리의
울음소리를 적었다
장롱이 있던 자리에는 고라니의 발자국과
토끼의 두 귀를 그려넣고
너구리와 오소리의 주둥이를 그려넣었다
이제 어느 틈에도
더 이상 사람이 들어갈 자리는 없다
본래 짐승들의 자리였던 곳
바람의 통로를 막고 구름의 길목이었던 곳에
수십 년 무단으로 터를 잡았던 시간들은
용서하기로 했다
언어의 물길도 생각의 지류를 따라
지워버리기로 했다

말끔하게 기억이 지워진 자리엔
태초의 눈물자국만 한 제비꽃 한 송이만 피워두기로 했다
드디어 텅 빈 백 년의 허무가 완성되었다

곱창복음 3장 15절

원주시외버스터미널 옆 트럭에서
노점 하는 아저씨
작은 엘이디 전광판에
'옥수수 수제핫도그 땅콩빵 곱창복음'
무심히 지나가다 발견한 영하 20도의 날씨가
갑자기 은혜로워졌다
자주 다니면서 한 번도 사먹지 않았던
아저씨네 옥수수 수제핫도그 땅콩빵이
곱창복음의 성스러운 말씀을 받아
따뜻해졌다

아, 그동안 내가 먹은 낙지복음 멸치복음 감자복음
곱창복음의 귀한 말씀은 험난한 세상을 버티는
빛과 소금이었던 것이다

'사랑은 오래 참고 사랑은 온유하며 시기하지 아니하며
사랑은 자랑하지 아니하며 교만하지 아니하며'
고린도전서 13장 4절,
'곱창은 오래 굽고 곱창은 부드러우며 질기지 아니하며
곱창은 비싸지도 아니하며 소주를 거부하지 아니하며'
음주도전서 3장 15절
아멘, 아차차 주酒멘

캄캄한 밤은 죄 짓기 좋은 때

어둠을 빨아들인 물안개가
새벽달을 물고 왔다
푸르게 돋아나는 비늘들 사이로
흰 바람이 불어오고
새들의 낮은 한숨 소리
강물 위에 누웠다
새벽 물안개가 몸 뒤척이는 소리에
물결 위에 잠들어 있던
어린 물고기들 눈비비고 깨어나
햇살을 토해냈다
강가의 버드나무는 할아버지의 전설을 기억하는지
자꾸 몸을 들썩이고
목을 축이러 산자락을 내려온 고라니가
기침을 할 때마다
밤새 어둠속으로 자취를 감췄던 별이 쏟아졌다
여명은 아침을 물고 온 지 한참 지났지만
아직 어둠의 꼬리를 물고 있는 새벽달은
꿈도 꾸지 못한 채
부드러운 유방을 드러내놓고 태연하게 웃고 있다

고이 접어서 나빌레라

어린 소녀들이 날고 있다
밤 열 시를 넘어가는 시간, 한 무리의 소녀들이
마주 보이는 빌딩 오층에서 몇 시간째
날갯짓을 하고 있다
곧 봄이 올 텐데,
저 나비들은 빌딩 숲속을 빠져 나오는 순간
사라지고 말 것이다
어디론가 훨훨 날아가서는 돌아오지 않을 것이다.
본래 나비가 아니었던 것처럼,
자신의 무늬를 처음 알게 된 것처럼
꽃이었던 기억을 잃어버린 것처럼
그렇게 별까지 날아갈 것이다
자정을 향해 가는 시간까지 날갯짓을 하는 이유는
아무도 모르게 별까지 가야하기 때문이다
꽃이 나비가 될 수 있다는 비밀이 밝혀지는 순간,
영영 날개를 잃어버릴 수 있기 때문이다
하얀 나비, 연분홍 나비, 물보라 나비가
너울너울 날개를 접었다 펼칠 때마다
소녀에게선 별 냄새가 났다
달도 어쩌지 못하고 숨어버린 밤,
합정역 1번 출구 맞은편엔,

밤새토록 겨울 나비의 바람 부딪히는 소리만
하얗게 하얗게 쏟아져 내릴 것이다

봄을 기다리며

어느덧 이순의 언덕을 지나고 있다
아침마다 밥보다 먼저 챙겨 먹는 약이
여섯 가지가 넘는다
십 년 전만 해도 한 가지도 안 먹던
약의 숫자가 늘어나는 동안,
주름이 늘고 허리둘레가 늘고 생각이 늘었다.
이삼십 대에 바라보았던
한심한 꼰대들의 모습을 닮아간다는 사실이
용서가 되지 않는다
하늘의 뜻을 아는 나이도 지나고
세상사 귀가 순해지는 시간이 흘렀지만
여전히 말의 온도는 높고
전지적 참견 시점은 넓어지고 있다
어린 시절처럼 별을 더 많이 보고
어둠 속을 걸으며 달빛에 고마워하고
개 짖는 소리가 반가운 그런 기억들을
더 많이 만들어가야 할 텐데,
바람이 풀꽃을 어루만지며 다가와
속삭이는 소리에 귀를 기울이고
나비들이 멀리 소풍을 다녀온 사연을
팔랑거리며 이야기하는 소리를 들어야 할 텐데,

물소리 하나도 오래 기다리지 못하는 내가
무슨 시를 쓸 수 있을까
입춘을 지나는 밤공기가 차다
제비꽃 피어나면 침묵하는 법을
찾아야 할 텐데,

말짱 황, 態

해발 700미터 대관령 산자락에
흰 눈을 삼키고 겨우내 속이 텅 빈 뱃속으로
얼얼한 하늘을 배터지게 들여놓는 족속이 있다
2002년 여름, 서울광장에서 일제히
뜨거운 함성을 쏟아내던 붉은 악마들처럼
수백만 마리 명태들이 푸른 하늘을 물고 있다
고향을 지척에 두고 영문도 모른 채 끌려와
반평생을 소리 없는 함성으로
이를 악물어야 했던
백 년 전의 누이들처럼,
저 세상으로 팔려갈 순서를 기다리는 동안
입춘이 지나고 우수가 지나고 경칩이 지나고
복수초가 피어났다
따뜻한 숨결 한번 느껴보지도 못한,
욕받이로 살아온 평생이 서러워
대관령의 하늘을 입안 가득 물고 서 있다

아, 나도 내가 이렇게
명태도 아니고 동태도 아니고 북어도 아닌
말짱 황이 될 줄 몰랐다
영하 20도의 추위 속에 발가벗겨진 채

백두대간 산허리에서
교수형을 당하게 될 줄은 꿈에도 몰랐다

새벽

칼끝이 '서걱' 하는 순간, 숨을 참아야 한다
피가 분수처럼 쏟아지기 전에
절대로 칼을 뽑아서는 안 된다
짧은 순간, 일생이 지나갈 것이다
나 보다 먼저 별이 된 사람들의 얼굴이 하나 둘
스쳐 지나가고 마지막으로 봐야 할 사람들이
떠오르기 시작할 것이다
단 한 번에 내 심장을 관통할 수 있는 사람은
오직 당신밖에 없다
하늘의 시간을 빌려와 잠시 놀다가는 이 순간을
허락해 준 이가 누구인지 어렴풋이 보이기 시작하고
일생을 거꾸로 매달려 살아온 박쥐와 처음으로
눈빛이 마주친다
어둠 속을 관통하는 자외선이 내장 속을 관통하며
켜켜이 저장해 둔 기억들을 스캔했다
오래된 별의 기억이 쏟아져 나오고
나는 결국 외계인이라는 사실이
들통나버리고 말았다
비릿한 통증이 밀려왔다
육십 년 넘게 감싸고 있던 비늘들이 우수수 떨어지고
언어가 마비되었다

침묵이 응고되고, 박쥐가 된 눈이 감겼다
드디어 아침이 밝았다

목련이 네 이 년!

한겨울에도 나는 저 나무만 보면
가슴께가 근질근질해 진다
차가운 바람에도 어린 처녀가 부끄럽지도 않은지
희디 흰 젖꼭지 허공에 물린 채 웃고 있지 않은가
삼월이도 사월이도 동네 처녀들 모두
바람이 난다는 꽃바람 불어오면
지나가던 남정네들은 공연히 헛기침을 하며
바지춤을 걷어 올리고 나무 밑을 지나갈 때마다
가지 끝에 앉아 있던
새들은 키득키득 저희들끼리 웃느라 분주하다
밤마다 별의 전령들이 몰려와 봉오리마다
점호를 끝내고 나면 이튿날 아침, 어김없이
동네 처녀들은 모두 가출을 하고
목련은 일제히 치마를 뒤집어쓴다
우수 경칩이 지나고 나면 나는 지난겨울
목련이 한 짓을 생각하며 저 나무를
치어다 볼 것인데 나도 모르게 자꾸 가슴께가
간질간질 움, 이 트려는 것을 참을 수가 없다

별 멍청이네 집

별다방에는 진짜 별이 없다
대낮에도 별을 볼 수 있다고
긴 머리 여자의 머리위에 별을 붙여놓고
커피를 파는 미국가게엔 스타는 없고
벅수[*]만 있다
물 건너온 시커먼 구정물 한 대접에 오천 오백 원,
물은 한강물인데 물 값은 미국 애들이 챙겨간다
비싼 건물주만 찾아 사람들이 가장 많이 오고 가는
길목에, 오천 년 동안 속이 하얗던 사람들에게
속이 까매져야 미국 애들처럼 일류가 될 수 있다고
새벽부터 늦은 밤까지 별 볼일 없는 별꼴을 팔고 있다
별다방 이층엔 혹시나 별 부스러기라도
주우려고 앉아 있는 사람들이 눌러 앉아
구정물을 마시거나 노트북을 두드리거나
책을 보거나 간식을 먹고 있다

창문 너머로 보이는 길 건너엔
젊은 남자가 횡단보도를 건너온 여자를
향해 두 팔을 벌리고 서 있다

---

* 장승을 뜻하는 말이기도 하지만 일부지방에선 멍청이라는 뜻으로 쓰인다.

밑의 사회학

밑을 보지 않은 사람은 불편하다
처음 누군가를 만나면 위만 보여준다
하늘과 가장 가까운 곳에 힘을 주고
장식을 하고 단장을 한다
그러다 가까워지면 손을 잡고 입을 맞추고 나서
드디어 밑을 보여준다
살아가는 일이란 결국 밑으로 시작해서 밑을
보여주며 끝난다
살아가는 동안 가까운 사람의 밑을 보지 않았다면
슬픔을 모르는 사람이다
강물도 흐르다 밑을 보여줄 때가 있다
사랑하는 사람도 살다가 밑을 보여줄 때,
그 밑을 보고 살아갈 수 있을 때
사랑이 완성 된다
나무가 밑을 드러내며 옮겨질 때
실오라기 하나 걸치지 않은 채 산을 넘고
강을 건너도 당당한 건
밑이 부끄럽지 않기 때문이다
땅콩은 세상에 밑을 보여주는 게 송구스러워
땅 속으로 밑이 드는 것이다

위에서 만나 위를 다친 사람들이
밑을 보이며 떠나간 일은 이제 용서하기로 한다
밑져야 본전이다

하늘꽃

가을도 한참 이른 이월의 마지막 날,
궁전빌라 담벼락에 해바라기 한 송이 피어났다
하루 종일 미동도 하지 않고
바람도 없는 봄 햇살을 불러와 여든 몇 해
묵은 꽃을 피워놓았다
뿌리가 어디쯤 되는지 알 수 없지만
곡선으로 다가온 자외선은 꽃잎 위에 내려앉아
시리도록 푸르렀던 날들을 헤아리고 있다
다시 꽃 피는 시간이 언제일지 모를
이파리도 없는 해바라기 한 송이,
침묵의 씨앗을 물고
서러운 꽃눈 반짝이며
뿌리도 없는 바닥에 한 점 그늘로 피어 있다

제3부

면국통일麵國桶一

면국통일麵國桶一

제주 흑돼지 사골 국물에 우려낸 면발 위에
수육 고명 올라간 고기 국수 한 그릇 먹고 나면
남해바다를 너끈히 건널 수 있었다
늦은 오후, 오륙도의 뱃고동 소리가
용두산 언덕에 오르는
시간이 되면 새콤달콤한 양념에 녹말가루
찰진 반죽 시원한 밀면이 생각난다
현해탄을 건너던 사람도 마지막으로 먹었다는
부산의 그 맛을 뒤로 하고 안동으로 넘어가면
콩가루와 밀가루로 빚은 누름국수가 얇은 면발을
자랑하며 입맛을 돋군다
팔팔고속도로를 타고 전주로 건너가면
쌀알이 동동 뜨는 고소하고 진한 팥 앙금을 우려낸
팥칼국수가 허기진 속을 뜨겁게 뎁혀 주고,
충청도로 발길을 옮기면 애호박을
기름에 달달 볶아 올린 애호박 국수가
담백한 젓가락질을 유혹한다
그러다 강원도 산자락으로 접어들면 메밀꽃 활짝
피어난 골짜기마다 순수한 면발의 막국수가
고단한 이들의 발걸음을 붙잡고
경기도로 내비게이션을 입력하면 국물이 걸죽하고

고소함이 깊은 콩국수로 속을 든든하게 채울 수 있다
남쪽 지방을 한 바퀴 돌았으니 기수를 북쪽으로 돌려
황해도에서 냉면보다 굵고 질긴 식감을 자랑하는
샂국수를 먹고,
평양에 입성하면 시원한 동치미 육수에
쇠고기 닭고기 고명을 올려주는 메밀 냉면이 올라온다
마지막으로 우리나라 최북단 함흥에서 먹는
쫄깃함이 비결인 감자전분 냉면을 한 그릇하고
입안의 황홀함을 느끼고 돌아오는 길에
옥수수를 갈아 누른 올챙이국수에
양념간장을 넣고 후루룩 숟가락으로 한 입 퍼먹고 나면
팔도의 국수가 내 몸속을 뜨겁게 밝힌다
제주도에서 함경도까지 대접 속의 국수를
밝히는 건 휘영청 밝은 보름달이다
남북을 고루 밝히는 불빛,
하얀 국수로 이어졌으면 좋겠다

좋나, 존나

새 학년 첫 날, 알에서 덜 깬 여우들이
장미공원 앞을 지나간다
겨우내 추위에 움츠렸던 가시들이
여우들의 웃음소리로 간지럼을 타는지
이른 기지개를 켜느라 꿈틀거렸다
얼마나 꽃을 피우고 싶었으면
하의가 실종된 여우들이 길바닥 가득 꽃잎을
떨어뜨리며 터미널 쪽으로 몰려가고 있다
미아리 우동 집을 나오자마자 키드득, 까르륵,
푸른 창공 찢어지는 소리가 나고
지나가던 여우들의 치맛속으로
봄바람이 들어갔다
"전에 우리 담임 쌤, 다시 왔어
영상 만들어서 울면서 송별 파티 해줬는데
존나 웃겨"

아, 열여섯 열일곱 열여덟 미생 여우들의
입술에서 피어나는 꽃 이름은
존나꽃이었다
존나 존나 부르다 보면
내 어린 시절 첫사랑 소녀가 자꾸 생각난다

그럴 줄 알았으면 나도
진작에 존나 열심히 살걸,

생이별

꽃비가 내린다기에 그대가 떠나실 줄 알았습니다
바람도 한 점 불지 않는데 화르르, 화르르
뜨거운 숨이 떨어지고, 나는 목이 메어
먼 하늘만 바라보았습니다
꽃비가 내린 길목, 그대 모습은 보이지 않는데
그대가 다녀간 발자국, 꽃잎마다 물들어 있습니다
어디서부터 오셨을까요
차마 저물 지 않는 햇살을 붙잡고 서서
누굴 기다렸을까요
낮달도 차마 길 떠나지 못하고 누웠는데
지난밤 별자리에서 이른 전갈이 도착했나봅니다
꽃나무가 진저리를 치며 가지를 흔들더니
활, 활, 활, 활
별을 털어냅니다
아 나는 알지 못 합니다
그대가 떠나실 줄 정말 알지 못 합니다
꽃비가 내린다고 가슴이 무너질 줄
눈을 뜨고도 차마
알지 못합니다

무당벌레

무당벌레 한 마리 시집 위를 기어간다
부지런히 기어가다 서고 기어가다 서고
그러다가 한 순간 체념했다는 듯
붉은 바탕은 내려놓고 까만 점 하나만 데리고
파르륵, 날았다
무당벌레가 주춤거리며 머물렀던 자리,
시가 젖어 있다
한 편의 시중에서 무당벌레가 찾아낸 글자는 하필
시, 팔, 조, 같, 네
시, 가, 뭐, 이, 래
벌레에게 무시당하는 시를 쓰고
세 끼 밥을 먹으며 날지도 못하는 나는,
지상의 수많은 길을 걸어가며
꽃에게 나무에게 새에게 벌레에게
문장을 빌려오고도 그들이 알지 못하는 시를 썼다
이제 더 이상 무당벌레가 알아듣지 못하는
시는 그만 써야겠다
대가리로 시 쓰지 마라
눈빛으로 쓰고
가슴으로 쓰라던 스승의 말씀,
오늘 무당의 입을 빌어 시가 내게로 왔다

여자는 숙독 금지

초등학교 여자애들 치맛속에는
늘 달달한 비밀이 숨어 있는 줄 알았다
사카린과 과일 색소와 물을 얼려 만든
아이스케끼!
아이스케끼 나무통을 메고 다니던
초등학교 삼학년 여름방학 무렵의
말죽거리 들판은 너무도 뜨거웠다
두 시간이 지나면 녹기 시작하는 아이스케끼를
제대로 먹어본 건 그 후로도 한참이 지난 후였다
그렇게 조금 더 나이가 들 때까지도
여자애들 치맛속에는 진짜 뜨거운 것이 숨어
있는 줄 알았다
그래서 처녀애들이 모여 있다는 청량리역 근처를
어슬렁거려 보기도 했지만 더 이상
아이스케끼를 할 필요는 없었다
어느덧 길거리에는 치렁치렁했던 치마는 사라지고
뜨거운 비밀은 밝혀졌다
인천행 전철을 타려고 지하 청량리역으로 내려가다
똥꼬 치마를 입고 가는 여자애를 만났다
아이스케끼!
순간, 눈앞에 불이 번쩍?
눈을 떠보니 꽝꽝 못이 박힌 나무통 속이었다

매화의 눈물

매화는 겨울의 온도로 봄을 노래한다
과거로부터 온 전령이 유통기한이 지난 편지를
전해주듯, 눈물의 껍질을 벗긴 목수의 대팻날
위를 걸어가면 소름보다 차가운 서슬꽃이 핀다
얼어 죽을 줄 알면서 이파리보다 먼저
꽃눈을 뜰 때, 춘분을 지난 새들의 날개에도
탄력이 붙는다
다시는 강물이 얼지 않아야 한다
갈증 때문에 새끼들이 죽는 일도 없어야 한다
대지의 심장이 깨어나는 동안 벌레를
주워 먹을 수 있어야 한다
삼월의 밤을 별빛으로 가득 채우면
신안 염전에서 건너온 소금별이 오대산에서 뜬다
하얗게 새하얗게 매화가 지천으로 피어나는
이른 저녁을 먹고 밤하늘을 보러 나온 염부의
가슴팍에 소금 별 한 송이 툭, 떨어져
달빛 속으로 떠난 정인의 눈동자 속에
화인花印이 핀다
눈, 물이 상처가 되는 오래된 기억 너머
늙은 염부의 기침소리로 삼월이 저물고 있다

슬기로운 은행생활

파블로프![*]
벨소리가 나면 나는 침을 흘린다
전광판에 빨간 숫자가 켜지는 순간
긴장감에 바지가 젖고,

창구 안에서 주인의 숨소리가 들려오기 시작하면
온 몸의 털이 곤두선다
나도 모르게 꼬리가 바람개비처럼 흔들린다

자동반사!
창구 안에서 서류만 쳐다보는 얼굴을 향해
비굴한 표정으로 허리를 숙이는 몇 분 동안
전표 안의 숫자만 바라보다 구역질이 났다

헤르메스의 도둑질을 고자질한 죄로
인간의 모습을 잃어버린 채
절해고도에 위리안치 된 시지프스처럼
나는 개도 안 물어가는 지폐를 물고
변함없이 거리를 어슬렁거리고 있다

---

* 그리스의 영원한 죄수의 화신

천 년의 바람

천 년의 바람이 불어왔다

평창강을 휘돌아 나가는
장암산 푸른 길목을 돌아
그대가 나를 처음 보았던 달빛 아래,
갈대의 심장 속을 지나 여기에 왔다

천 년 전의 바람이 지나갔다
여울이 지나가는 길목에
그리움의 사레가 걸려 콜록거렸다

그대가 마지막으로 나를 보았던 별빛 아래,
바람의 발자국이
녹기 시작했다

다시 인연은 시작되었다
다시 바람은 시작되었다

엄마는 출장 중

반라의 엄마가 날아간다
전단지 속에서 웃고 있는 엄마는
이십 년 전에 내가 버린 엄마다
러시아 엄마 필리핀 엄마 베트남 엄마
종로 엄마 부산 엄마 광주 엄마
엄마들이 사는 집 근처를 아무리 찾아다녀도
친엄마의 흔적을 찾을 수 없었다
터미널 근처에도 술집 근처에도
모텔 입구에도 유행처럼 웃고 있는 엄마는
매일 밤 새로운 아이들을 만들고 있다
스무 살 무렵 내가 처음 만난 엄마는
나를 기억이나 할까
고아원에서 나온 여자애들이 엄마를 만들러 간다
오지 마, 여기 오면 절대로 엄마를 만들 수 없어
중학교 때 일찌감치 엄마가 된 아이들이 웃는다
엄마가 나한테 해 준 게 뭐예요?
엄마 되는 법은 때가 되면 저절로 아는 걸요
짧은 치마를 입고 서툰 화장을 하고
담배를 피우며 시시껄렁하게 웃고 있던 엄마가
침을 탁 뱉는다
에이 씨팔, 뭘 봐요

엄마 처음 봐?
오늘 저녁 티비에 나와
불법 엄마 행위 근절 대책을 발표한 저 새끼
어제 저녁에도 새엄마 만들어놓고 간 그놈이다
콩나물 값이 두 배나 뛰었다는데
저 새끼는 밤마다 새엄마 만드느라 정신이 없다

아, 쪽팔려

마른하늘이라고 콜을 하면
나는 갔다
영국에서 불러도
일본에서 불러도
미국에서 불러도
나는 갔다
이유는 묻지 않았다
나는 걸이니까 갔다
마른 날은 언제나 기뻤다
위조를 해도 기쁘고
대필을 해도 기쁘고
조작을 해도 기뻤다
내가 가는 곳엔 남자들이 기다리고 있었다
마른하늘이라고 콜을 하면
나는 갔다
죄는 묻지 않았다
이름도 묻지 않았다
소속도 묻지 않았다
나는 걸이니까
내가 가는 곳엔 늘 남자들이
무릎 꿇고 기다리고 있었다

열렬히 옷을 벗고
희희낙락거리며

합정역 10번 출구

편집회의를 끝내고
합정역 메세나폴리스 상가에 들렀다
저녁을 먹기에는 이른 시간이어서 일행들과
근처 상가에 들러 쇼핑이나 하면서
시간을 보내기로 했다
첫 번째로 들른 곳은 무지다
옷도 팔고 그릇도 팔고 신발도 파는 가게다
마 소재로 만든 저고리를 만지작거리다가
이내 돌아서 나왔다
두 번째로 들른 곳은 유니클로다
파스텔 톤의 화려한 색감이 입구에서부터
눈길을 끌었다
조금 전 가게보다 두 배나 큰 매장이었다
젊은 아가씨들 몇이서 쇼핑을 하고 있었다
십여 분 동안 머물렀지만 역시나 빈손으로 나왔다
일행들이 가방을 사고 신발을 사고
생활용품을 사는 동안 구경만 했다
그러는 동안에도 나는
내 평생 신조가 무너질까 봐 전전긍긍했다
앞으로도 나는 일본 매장에서 물건을
사는 일은 없을 것이다

일본 여행도 안 가고 일본 음식도 안 먹을 것이다
그들이 진심으로 사과하고 반성하지 않는 한
독도를 다케시마라고 우기는 한
용서하지 않을 것이다
훈도시를 입은 왜왕이라 불리는 자가 엎드려
이마로 종을 깰 때까지,
역사의 혼령들이 피눈물을 멈출 때까지,
'유니클로'한 '무지'로 인하여
'하늘을 우러러 한 점 부끄럼이 없기를'
'강철로 된 무지개'처럼 지켜갈 것이다

북두칠성이 태어난 곳

청동기 시대의 고인돌을 만나려고 두물 머리에 갔다
사백 년 된 느티나무 아래, 흰 영산홍을 끌어안고
바위에 새긴 북두칠성을 만져 보았다
누가 찍어놓고 간 흔적인지 움푹 패인 자리가
아직 뜨거웠다
검룡소에서 밀고 내려온 바람이
인북천에서 밀고 내려온 바람이
수억만 년 뿌리로 연꽃을 밀어 올리는
한강의 발원지에서 애련에 물든
그리움을 씻고 있었다
세한도의 무늬가 신록의 숨결을 불러오는데
머문 자리 하나 씻어내지 못한 채
두물이 하나 된 시간만큼 섞이지 못하는 이 마음을,
어쩔 것인가
그대가 숨죽이며 나를 보는 이 순간,
푸른 바람 끝,
멀리서 실어 온 한 줌 별빛의 온도로
제비꽃 한 송이 피워야겠다

꽃 도둑 체포 작전

매년 사월 십일 일부터 삼십 일까지는
'부녀자 가출 방지기간-나주군'
오십 년 전 전남 나주군에는 꽃놀이 갔다가 돌아오지
않은 여자들이 많았다
왜 안 그렇겠는 가
농사일이 시작되면 하루도 쉬지 않고 일만 해야 하는데,
사방에 꽃 핀 봄날 모처럼 떠난 나들이는
다시는 돌아오지 않아도 좋을 만큼
환장할 지경이었을 것이다
왜 안 그렇겠는가
처녀들은 모두 싱숭생숭해서 모두 집을 나갔다는데
그 이유가 너무 합당하다
꽃이 핀지 한참이 지났지만 나비도 안 오고
바람이 불고 꽃비가 내리는데 제비도 안 날아오고
할 수 없이 꽃이 나비를 찾아 길을 떠나
새를 불러 오고 바람소리라도 불러올 수밖에,
이 봄, 부녀자들이 모두 가출하기 전에
꽃 훔치러 가자
꽃 도둑은 도둑도 아니라는데,

물고기를 향한 변명

지구인이 된지 이만이천 팔백 일이 지났다
그동안 내가 만난 지구인은
하나 둘 길을 떠나기 시작했다
목련이 필 때, 영산홍이 필 때, 코스모스가 필 때
꽃 속에 몸을 숨기려고 모두 새벽에 길을 떠났다
지구인이 길을 떠날 때마다 강물 속에선
물고기들이 태어났다
나비가 전해준 부고를 알아듣고
별자리가 바뀌는 새벽의 뒤척임을 알아듣고
아침이면 어김없이 물고기가 깨어나
한 번씩 하늘의 안부를 물었다
어떤 날은 미처 배웅 하지 못한 어린 영혼들을
보내느라 낮달이 길게 떠 있기도 했다
박쥐가 새벽이 오기까지 분주하게 날아다니고
부엉이가 밤새 잠들지 못한 채 눈을 뜨고
부엉 부엉 우는 것도 지구를 떠나는
누군가의 영혼을 만났기 때문이다
혹여 새벽안개 속에서 옷을 갈아입고
길을 떠나는 누군가를 만난다면 모른 척 해야 한다
감히 햇살 따위로 우주로 향하는 마지막 발걸음을
막을 수는 없을 것이다

몇 년 전 길을 떠난 지구인의 편지를 받았다
발신지는 은하수공화국 평창우체국이다

백의白衣의 바다에서

백두에서 한라까지 한반도의 혈맥이 꿈틀거린다
오천 년의 시간을 역류해도 거스를 수 없는
이 땅의 곳곳마다 흰 피의 혈맥이 깨어나고 있다
이어도에서 독도까지 바다의 산맥이 용솟음 치고
태평양을 건너온 물고기들의 숨소리가
수평선을 물어와 천제단에 신령한
하늘을 매달아놓았다
검룡소에서 탯줄을 이어온 한강은
서해의 달빛이 되어 보름에 한 번씩 바닥을 드러낸다
황지연에서 탯줄이 깨어난 낙동강은
다대포의 등불이 되어 태평양의 물씨가 되었다
언제 한번이라도 이 물길이 그친 적 있었던가
언제 한번이라도 이 물길이 누구에게 무릎 꿇은 적
있었던가
일만 년 전에도 십만 년 전에도 이 땅의 가장 높고
신령한 심장에서 젖줄을 밀어 올려
대지를 살리고 생명을 품었던 그 물길의 끝에
그대의 어머니가 별을 노래하고,
그대의 아버지가 꽃을 노래하였다
이 땅의 나무 한 그루도 풀 한 포기도
그대가 키우지 않은 것 있었던가

그대의 숨소리 듣지 않은 것 있었던가
백의의 어머니 땅, 그 뜨거운 숨소리가
동해의 뜨거운 산맥이 되어 학춤을 춘다
백록담 수맥이 천지의 혼으로 깨어나고
독도에서 이어도까지 푸르고 푸른
혈맥이 내 어머니의 마지막 심장을 여는
파문이 되었다

모母, 내기

물이 가득 들어찬 논마다 모내기가 한창이다
겨우내 냉기로 속앓이를 하던 어머니를 심는다
육십삼 년 전 지구에 나를 모종했던 어머니가
볍씨를 틔우고 고추씨를 틔워
촉촉한 대지의 젖을 물린다
사과나무도 배나무도 벚나무도 싱싱한 젖꼭지를 내밀어,
허공을 날아다니는 것들의 배를 불린다
생각해보면 어머니는 한 번도 먼 길을 나선 적이 없었다
해마다 봄이 오면 꽃송이마다 눈맞춤하며
함박웃음을 보였지만 그걸로 끝이었다
마을을 벗어나기만 해도 몸도 마음도
배가 불렀을 텐데
어머니는 늘 홀쭉한 배를 가린 채 산으로 들로
모종을 심으러 다녔다
다시 오월이다
모내기가 시작되면 집을 비울 수 없는 날이
되었다는 것이다
더 늦기 전에 어머니는 길을 나서야 한다
어머니를 제발, 밖에 내놓을 때가 되었다
어머니가 집에 돌아오시는 날,
나도 아주심기를 할 것이다

제4부

'내자'는 가고 '하니'가 왔다

오늘은 금요일이다

이번 주도 로또 복권을 샀다
지난주까지 한 달 넘게 꽝이다
매주 서울 갈 때마다 일 등이 네 번 나오고
삼 등은 수 백 번 나왔다는
종로3가 명당 집에서 만 원어치씩 사는데,
오천 원짜리 한번 맞기가 하늘의 별따기다
타고 난 팔자가 거저 되는 게 없는지라
평생에 두 번, 오만 원에 당첨된 게 다인데
혹시나 노년에 배곯지 않고 살 수 있을까 싶어
복권방을 기웃거린다
물려받은 땅도 없고 집도 없고 차도 없는데
그나마 나이 들었다고 강사로도 불러주지 않으면
동냥이라도 다녀야 하는데
가난한 시인에게 막걸리 한 잔 사줄 인심도
만만치 않아, 어쩌다 잔칫집이라도 만나면
사흘 치 밥을 뱃속에 저장한다
그리하여 남들은 내 배를 비웃지만 사흘 굶고
일주일 굶어본 사람은 안다
없는 사람은 있을 때 먹고 뱃속에 저장해 둬야
그나마 버틸 수 있다는 것을,

하느님 부처님 성황님, 남은 인생 착하게 살 테니
제발 딱 한번 로또 일 등 좀 맞게 해 주세요
사는 동안 지은 죄 값 하느라, 내 몸 고단해도
베푸는 일에는 인색하지 않았습니다
이쯤에서 눈 한번 딱 감고 엿 하나 던져주실 때도 되지 않았나요?

그대, 지리산으로 가라

겨울 나비를 만나려거든 지리산으로 가라
세석평전에 올라 아직 지지 않은
나뭇잎을 어루만지며 봄이 오기를 기다리는
간절한 숨결을 만져 보아라
천상과 지상의 경계가 다르지 않은 곳,
사람의 그리움이 날개가 되는 곳,
겨울 나비를 만나려거든 지리산으로 가라
밤새워 내리는 하얀 나비들의
소리 없는 날갯짓을 받들고
차갑게 식지 않는
별빛들의 함성 소리를 들을 것이다
천왕봉에 오르지 말아라
그곳에 오르고 나면 더 이상 지상에서는
머무를 곳이 없어진다
뱀사골에 깃들어도 좋고 불일폭포에
깃들어도 좋다
지리산은 사람의 발자국을
함부로 남겨두는 곳이 아니다
사람의 발자국은 단풍나무가 화엄의 날개를 붙잡고
노고단에 오를 때까지 허락하는 것이다

이 땅의 모든 어머니 된 여자들의 혼이
지상에서 마지막으로 머무는 그곳,
겨울 나비를 만나려거든 지리산으로 가라
사랑하는 동안 나비의 체온으로
심장이 뜨거워지는
그대 지리산으로 가라

꽃마중

어머니 겨울에는 떠나지 마세요
땅 속도 얼고 하늘도 얼었으니
봄이 오면 가세요
어머니 봄이 와도 꽃이 피지 않으면
가지 마세요
꽃이 피면 사방에 꽃향기로 가득할 테니
열매 맺으면 가세요
어머니 열매가 실해도 떠나지 마세요
열매가 얼마나 실한지 드셔보고
첫 눈 오면 가세요
어머니 첫눈이 와도 떠나지 마세요
첫사랑은 어쩌시려구요
열일곱 꽃다웠던 소녀를 누가 찾아오면
뭐라고 말하라구요
어머니 제발, 아무 때나 떠나지 마세요
다시 아침이 오면 햇살을 등지고 떠나세요
다시 저녁이 오면 어둠을 안고 떠나세요
절대로 아무 때나 떠나지 마세요
어머니 지금 밖에는 찔레꽃이 한창입니다

내 마음속의 한 줄기 빛

오래전 바다로 가 돌아오지 않는 사람들,
무인도의 별빛이 되어 캄캄한 바다에 빛 한줌.
뿌려 놓고 희망이라 부른다
팔미도에서 독도까지,
빛의 파장을 몰고 와 별꽃을 피운다
얼마나 오래 되었는지
얼마나 멀리 왔는지
다이빙 벨 하나 없는 망망대해 한가운데
우주의 눈물을 데려와
오래 전 바다로 가 돌아오지 않는 사람들의
넋 빛을 내려놓고 초혼을 목 놓았다
하늘이여, 하늘이여, 하늘이여!
별이 내려앉았다
소리가 내려앉았다
바람이 내려앉았다
팔미도 정상에서 독도 정상까지
마음의 파장이 연결되었다
솔이파리 하나 하나가 빛의 길이 되었고
물고기의 비늘 하나 하나가 바닷길이 되었다
오랜 후, 다시 바다로 가 돌아올 사람들의
꽃 피는 이정표를 새겨 놓고
밤을 다하여 빛 한줌 들어올 문을 열어놓았다

바다로 돌아가야 한다

본래 민물이었던 것,
사람들의 언어가 몰려오고
짐승들의 숨소리가 저장된 물방울이 산자락을 지나
지상의 가장 낮은 곳에서 하나가 되는 곳,
거기서 내 본분을 찾았다
하늘의 슬픔도 대지의 노래도 모두
물길의 소리를 알아듣는다
차곡차곡 물방울을 모아 별빛을 기다리는
검푸른 바람의 훈련장,
거기서 내가 숨 쉴 아가미를 찾았다
그리운 것들이 모여 태양의 입자를 녹이고
서러운 것들이 모여 달의 파도를 움직이는
생명의 자궁,
태초의 심장 소리가 저장되어
끊임없이 신화가 탄생되고
역사가 시작되는 파도의 고향,
그곳으로 돌아가야 한다
그곳에서 시작해야 한다
산 것과 죽은 것들이 손잡을 수 있고
추한 것과 아름다운 것들이
하나의 품속에서 깨어나는 또 하나의 하늘,

모든 것을 받아들이고 모두의 희망이 되는
신비한 물의 꽃을 피워야 한다

묵호 등대에 올라

그대에게 가는 길을 찾을 수 없어
캄캄한 어둠속을 홀로 걸었다
빛 한줌 들어오지 않는 어둠속에서
아무도 부르지 않는 이름 없는 별의 이름을 부르며
돌아오지 않는 메아리를 들었다
멀리서 제비꽃이 피어나려는지 바람이 흔들리는
소리 나지막이 들려오고
파도를 깨우는 초승달의 웃음소리
논골담길을 따라 이명처럼 올라왔다
정동진을 지나온 열차는 늦잠에 빠진
파도를 깨우느라
게으른 기적을 울리고
초록봉을 넘어 온 물사슴의 어리둥절한 눈빛이
묵호 등대에 다다르면
독도에서 보내온 괭이 갈매기의 사연을 들을 수 있다
사랑하는 사람들의 눈빛은 묵호에서 시작해서
묵호로 돌아온다
사람의 연리지가 시작 되는 곳,
묵호에서는 아무도
가슴을 쓸어내리지 않는다
아무도 슬픔을 부여잡지 않는다

캄캄한 어둠속 새벽을 떠나온 모든 바다 사람들이
육지로 향한 마지막 빛 한줌을 쏟아 놓고서
그리움을 손잡는 곳,
묵묵한 호반의 언덕 위에 묵호등대가 있다

정라진 등대에서

손톱만한 항구에 가 본적 있다
방파제도 없고 작은 등대 하나만 별빛을
불러와 불을 밝히는
정라진 항
어부 다섯에 해녀 다섯, 아이들도 다섯
백 년 동안 한 번도 어긴 적 없다는
이 숫자를 부러워 한 사람들은
이곳에 들어가려고 사돈을 맺기도 한다는데
삼척 사람들은 그곳을 다섯항이라 부른다고 한다
물고기의 기침 소리가 가장 먼저 들리는 곳
파도의 발자국 소리가 가장 먼저 달려오는 곳
정라진 항에 가면 빈 배 가득
달빛이 실려 있다
보름이 한참 지난밤이면 반딧불이가 마중 나와
어둠을 손짓하고
한 겨울 눈 오는 밤이면 별빛이 반딧불이처럼
마중 나와 흰 나비를 불러오는 곳,
백 년 전 착한 여자가 다녀간 이후
소녀 혼자 등대를 지키며 봄꿈을 꾸는 곳,
정라진 항 외로운 등대 아래에 서면
나는 그리움을 비운 꽃배가 된다

‘내자’는 가고 ‘하니’가 왔다

이십 년 동안 다니던 단골 술집이 문을 닫았다
혼자 들러 막걸리를 마시기도 하고
손님들이 오면 산초두부를 시켜놓고 술잔을
기울이던 ‘내가 자주 가는 집’은
아들을 장가보내는 날 내게 주례를 부탁하며
축시도 해달라고 했다
동네 사람들의 주머니 사정을 걱정하며
안줏값도 싸게 받고 봄나물 철이 되면 개두릅과
참나물을 서비스로 내놓던 제주댁은
보험 아줌마가 되었다
내자가 있던 자리는 ‘달려라 하니’로
바뀌었고 문 앞에는 축하 화분 몇 개가
신장개업을 알리고 있었다
며칠 째 고민이다
저 집엔 언제쯤 들를 수 있을까
올림픽이 치러지던 해 처음 방영됐던 애니메이션 속
주인공을 생각하다가 하니, 나애리, 고은애의
이미지를 소환하며 집 주인을 만날 길일을
생각하고 있다
주인공을 소환할
진짜 하니의 정체가 궁금해졌다

부론

부론 포구에 갔다
보름에 한 번씩 반쯤 강물에 잠겨 운다는 달의
주파수를 찾으러 갔다
십만 년의 세월 동안 한결같이 한 사람 주변만
맴돌았다는 '응'* 옆 처녀가 따라왔다
어둠을 좋아한다는 처녀는 낮 동안
포구 너머 느티나무에 깃들어 있다가
사람의 발길이 뜸해지기 시작하면 늦은 저녁을 먹고
강가로 나온다
'응'옆 처녀는 주로 누워있거나 잠을 자지만
가끔씩 누가 부르면 벌떡 일어나
대꾸를 하기도 하는데
그럴 때마다 '응'은 여덟 개의 별자리를 부른다
우주를 통틀어 완성되었다는 여덟 개 별자리의
암호는 달의 심장 속으로 들어가는 비밀번호다
세상의 불빛들이 모두 사라지는 시간,
오백 년 전 아우라지 물길을 타고 내려온
총각을 기다리다
달이 되었다는 '응'옆 처녀는
섬강 주막, 초례청도 없이 치러진 첫날밤의
기억을 더듬으며 밤마다 "부론", "부론"

---

* 응: 010을 말함

그의 이름을 부르고,
강 건너 도리섬에서 날아 온 샛노란 꽃잎들,
밤새도록 나비춤을 추고 있었다

막걸리 보리밥

어린 시절, 끼니때마다 허구한 날
밥상위에 오르던 꽁보리밥
할머니의 쪽 진 머리가 보리쌀이 되고
산나물 약초가 보리쌀이 되었지만
나는 그 보리밥이 싫었다
늦은 오후가 되어 품 팔러갔던 할머니가
주전자 가득 쉰내가 올라오는 막걸리 한 사발에
당원을 타고 보리밥을 말아서 주던 그 여름날,
나는 꿩 소리도 들리지 않는 낮잠에 빠져
어둠이 달빛을 물고 올 때쯤
고추가 탱탱해져 잠에서 깨어나곤 했다
당신의 전부와 바꾼 꽁보리밥으로
나의 소년 시절이 뼈가 되고 살이 되었지만
난 하얀 무명 치마저고리에 꼬질꼬질 묻어나던
할머니의 땀 얼룩을 피해 밖으로 밖으로 돌기만 했다
남들은 어린 시절 지겹게 먹은 보리밥을
쳐다보기도 싫다고 하지만, 나는
시도 때도 없이 생각나는 그 보리밥 때문에
오월의 청보리밭 근처를 지나가기만 해도
뜻도 없이 가슴이 헛헛해지곤 한다

마라도의 봄

태평양의 관문 빠삐용 절벽에 파도가
에메랄드빛으로 물들기 시작하면,
마라도의 용암은 깨어난다
적도 기니로부터 달려온 숨 가쁜 햇빛이
첫 숨을 토해내며 바람을 한 입 깨무는 곳,
대한민국의 시작이자 끝이 되는 분기점에서
신이 허락한 기우제를 올린다
별빛도 함부로 눈물 흘리지 않는 바람의 언덕위에
백록담을 건너온 흰 사슴의 무리가 내려와
경배를 올리면
태평양의 모든 물고기들도 숨죽여
부처와 예수와 할망의 뒤를 따른다
신라에서 왔다던가 가야에서 왔다던가
탐라의 언어를 지고 온 백마가
오천 년의 물살을 한라산에 새기고 모슬포 뱃길을
열었다는 그리운 바다 마라도에
태초의 움이 새벽 북소리로 열린다
둥, 둥, 둥, 둥, 둥
제주 비바리가 이어도의 꽃문을 연다

하느님 가라사대

하느님을 섬기지 마라
하느님은 사람이 만든 신이다
사람이 있어야 하느님도 있는 것이다
사람이 만든 세상에 뛰어든 하느님은
하는 일이 없어서 하느님이다
선지자라고 하는 사람들이 신을 팔아서
존재의 이유를 찾고
무당을 대신해 굿을 해주고 돈을 받는 것이다
전생에 태어나 본 사람은 안다
하느님은 그때 코빼기도 안 보였다는 걸,
착한 사람들이 이유 없이 죽어갈 때
아무것도 해 준 게 없었다는 걸,
사람이 스스로의 길을 걸어가고
별빛의 신호를 받을 때,
아름답게 빛나는 것처럼
사람의 욕심 없는 마음이 까마귀의 가슴으로 향할 때
꽃은 피어난다
하느님도 사람의 세상에 머문다는 사실을
알게 하려고 꽃은 피어난다
사람의 모든 경배를 받으면서
착하고 어린 사람의 억울한 죽음을 수없이 방치한
하느님은 그냥 무책임한 악마일 뿐이다

이 땅의 꽃으로 오신 그 분도 지키지 못하는
하느님을 섬기는 당신도 죄인이다
하느님은 없다

사람이 하느님인 걸 알게 하려고 꽃은 피어난다
내 곁에 살아 있는 하느님은
그런 너를 보고 울고 계신다

중복엔 늙은 개를 잡아야 한다

개도 엎드려 꼼짝 안 한다는 중복 날,
늙은 개 한 마리가 이디야에서 커피를 마신다
안경을 쓰고 모자도 쓰고 온갖 폼은 다 잡고 앉아서
손톱을 깎는다
탁, 타닥, 탁, 타닥
귀에 거슬리는 소리를 내며 십 여분 째 손톱을 깎는다
칠십 년은 족히 묵은 개다
착한 알바 직원은 말도 못하고, 손님들의 눈초리도
신경 쓰지 않고 손톱을 깎는다
예전에 전쟁터에 아들을 내보내는 부모들은
손톱을 정성들여 깎고 머리카락을 뽑아서 아들이
무사히 돌아올 때까지 가장 소중한 곳에 보관했다고
하는데, 자신이 건강하게 살아남은 흔적을
아무 곳에서나 함부로 깎고 바닥에 흘려보내는 저 늙은 개를
뭐라고 해야 하나
아, 그런데 이 늙은 개를 만나러 색안경을 쓴
젊은 여자가 들어왔다
그러면 그렇지 끼리끼리 놀아야겠지
카페 안에서도 색안경을 끼고 세상을 보는 저 여자,
차도 안 시키고 늙은 개를 바라보며
희희낙락, 늙은 개는 꼴에 사내라고 개폼 잡고

앉아 떠들다가 터미널 쪽 횡단보도를 건너간다
늙은 개가 앉았던 자리엔 더러운 손톱의 흔적만
파편처럼 뒹굴고 있다

어머니의 물

어머니는 뜨거운 물로 나를 만드셨다
세상에 눈뜨던 순간에도 뜨거운 국물로
나를 깨우쳐주셨고 천지분간을 못하고
야생마처럼 떠돌아다니다 집으로
돌아오면 아무 말 없이 뜨거운 국물부터
들이키라고 손짓하셨다

나이가 들어 내게도 자식이 생기자
뜨거운 물로 그 몸을 씻기고
뜨거운 물로 내 여자도 씻기셨다
세상은 언제나 차갑지만 집에 돌아오면
뜨거운 물 한 그릇이 고단한 몸을 풀어주고
반쯤 나갔던 혼을 불러온다고 하셨다

잠자리에 들기 전 이불 밑에 손을 넣어
바닥의 온기를 가늠하고 나서야
뜨거운 물 한 그릇 오른쪽 머리맡에 남겨 놓았던 어머니,
맨 처음 나를 만드셨던 아름다운 당신의 몸은
이미 뜨거운 물이
빠져나가기 시작한지 오래다

어머니의 몸에서 뜨거운 물이
빠져나가는 걸 아는 순간부터 나는
알게 되었다
당신이 내게 평생 동안 뜨겁게 준비해주신
물 한잔이 땅의 기운이었다는 것을,

곡식이 봄마다 뿌리내릴 때
땅속이 뜨거워져야 한다는 것을,
메마른 땅속에서도 물을 찾아 뜨거워져야
씨앗을 품어 눈을 뜰 수 있다는 것을,
마지막 순간 차갑게 식은 눈을 감을 때까지
어머니는 뜨거운 물 한 방울을 내게
보여주셨다

뜨겁게 살아라
뜨겁게 살아라
어머니가 평생 동안 내게 주신 당신의
뜨거운 물 한 그릇은 새벽 첫물을 길어와
장독대 위에 정갈한 몸을 바치시던
아침마다 시작되었다

당신이 섬기던 단 하나의 신이 나였다는 것을,
평생 나를 돌봐준 신은 당신이었다는 것을,
마지막 물 한 방울마저 내게
주고 간 한참 후에야 알게 되었다
뜨거운 물 한 대야를 쏟아내고 나서야
알게 되었다

세상에서 오직,
나를 온전한 사람으로
뜨겁게 만들 수 있는
단 하나의 신,
당신은 우주에서
가장 밝은 햇살이었다는 사실을
알게 되었다

원록의 바다를 건너다

- 이육사 묘소를 참배하고

바다의 음모를 알아차리고 나는
그물을 거뒀다
무지개 황홀한 산정을 지나면
분명 새 하늘이 열릴 것이니
나는 격랑을 두려워하지 않기로 했다
관동이 뒤집혀도
관서가 요동쳐도
나는 바다를 건널 것이다
바다의 음모가 아무리 깊을지라도
청포도 익어 가는 그곳으로 돌아갈 것이다
어머니가 주신 뜨거운 그 꽃으로
베이징 하늘 가득 하얗게 물들이고
가슴에 남은 자랑스런 수인번호 264,
천추의 가슴에 새겨,
초인이 오시는 길목
푸른 혈맥의 광야曠野를 건널 것이다
흰 돛단배의 절정에 서서
태평양을 흔들어 깨워 후지의 더러운 피,
남김없이 침몰시키리라

길 없는 길

길 없는 길을 걸어간다
길은 빗물에 지워진지 오래고
나도 그리움에 지워진지 오래되었다
아침이 몰려오기 전부터 내린 비는
사방을 푸르게 젖게 하고
꽃잎을 젖게 했다
내가 걸어온 길도 보이지 않고
새가 날아온 길도 보이지 않는다
이 비 그치고 나면 사방으로 길을
새로 내야 한다
오래 머물렀던 가슴 속의 시간도
움직여야 한다
새들도 공중으로 가는 길을 새로 내야한다
내가 막걸리 한 잔 하고
아무도 없는 집으로 들어서며
"별아, 문 열어라" 소리칠 때까지
길은 이어져야 한다
비는 소리 없이 내려야 한다

해설

내 그늘로 오는 그리움들

– 황정산(시인, 문학평론가) –

해설

내 그늘로 오는 그리움들

– 황정산(시인, 문학평론가) –

1. 들어가며

지금 우리는 포용, 공존, 데탕트, 톨레랑스 같은 평화와 사랑을 위한 말보다는 배제와 차별, 증오와 분쟁 같은 단어들이 더 많이 들려오는 시대에 살고 있다. 세계는 냉전체제로 회귀하고, 이 땅에서마저 통합의 정치는 사라지고 지역 간 이념 간 갈등의 골은 깊어지고 있다. 이 글을 쓰고 있는 이 순간에도 지구의 한쪽에서 일고 있는 전쟁의 포연이 세상을 불안하고 어둡게 만들고 있다. 이곳에 사는 우리 역시 그곳의 포탄처럼 무차별적으로 쏟아지고 있는 정치인들의 막말을 들어야 한다.

그럼에도 불구하고 누군가는 사라지고 없어진 가치들을 얘기하고 환기하여 우리들의 가슴에 남기고 있다. 김남권 시인이 바로 그런 사람이다. 이 시집의 시들에서 우리는 우리가 무엇을 잊거나 잃고 살고 있는지 그리고 무엇을 그리워하는지 그 그리운 것들을 만날 희망이 아직 남아 있는지 돌아보게 된다. 그의 시를 좀 더 자세히 읽어보자.

2. 그리움의 근원

많은 설명을 건너뛰고 범박하게 얘기하자면 시는 그리움에 관한 언어이다. 있어야 할 것, 있기를 바라는 것, 그런 것들을 환기하여 그것들이 부재하는 현실의 어둠을 돌아보고 더 나은 삶에 대한 전망을 보여주는 것이 시의 중요한 역할 중 하나이다. 김남권의 시를 읽으면 이런 시의 역할을 다시 떠올리게 된다. 가령 다음과 같은 시를 읽어보자.

어린 시절 아버지의 귀갓길이 기다려지는 건
오직 누런 봉투 때문이었다
어떤 날은 따끈따끈한 호떡이 들어 있었고
어떤 날은 김이 폴폴 나는 군고구마가 들려 있었다
한 달에 한 번 월급날엔 튀긴 통닭이 들어 있었다
그때는 솔직히 아버지 보다 누런 봉투가 더 기다려졌다
취기에 얼굴이 붉어진 아버지가 잠바 주머니에서
수줍게 꺼내 놓던 월급봉투도 누런색이었다
그래서인지 몰라도 내가 아버지 나이를 넘긴 지
한참 지난 지금도
길거리에서 누런 봉투를 들고 가는
남자들을 만나면 그 속의 내용물이 궁금해진다
한 달에 한 번 받는 월급봉투마저 사라진 지 오래고
시장에서도 길거리에서도

음식이 까만 비닐봉지에 담기면서
우리는 각자의 동굴을 만들기 시작했다
가난했던 시절 아버지가 들고 들어왔던 누런 봉투는
가난하지만 희망을 잃지 않았던 유일한 온기였다
봉투 하나를 전해 드릴 아버지마저 사라진 지금
나는 아무리 맛있는 음식을 먹어도
아버지의 누런 봉투 속에서 꺼내 먹던
호떡 군고구마 튀긴 통닭만큼
배가 부르지 않다

– 「아버지의 봉투」 전문

시인은 어린 시절 월급날 아버지가 들고 오는 '누런 봉투'를 그리워하고 있다. 거기에는 어린 시절 시인이 좋아하던 것들이 들어있기 때문이다. 하지만 지금은 그런 봉투도 사용하지 않고, 그것을 가져오던 아버지도 존재하지 않는다. 시인에게는 그리운 어떤 것으로만 남아 있다. 시인이 그리워하는 것은 무엇일까? 비록 그것이 먹을 것이 부족했던 시절 배고픔을 달래주던 군것질거리에 불과하지만, 그것은 행복이고 또한 사랑이다. 지금 그 '노란 봉투'에 담겨 있는 행복과 사랑을 시인은 잊거나 빼앗기고 살고 있는 것이다. 시인은 그것을 '까만 비닐봉지'로 비유된 '각자의 동굴' 때문이라고 생각한다. 가족에 대한 사랑의 표현이며 가족의 행복을 지켜주던 '노란 봉투' 대신 내용물을 짐작할 수 없는 '까만 비닐봉지'는 각자의 동굴 속에 유폐된 현대인들의 고독과 외로움을 보여준다. 그 속에서 우리는 가족의 따뜻한 온기를 잃고 캄캄한 상실의 공간에서 헤매고 있다. 과거 그 봉투에서 꺼내 먹던 '호떡 군고구마 튀긴 통닭'을 사 먹어도 옛날처럼 '배가 부르지 않는' 이유는 그 때문이다. 우리는 너나 없이 이 사랑의 온기를 잃어버린 상실감 속에서 살고 있다.

다음 시에서도 시인은 무엇인가를 그리워하고 있다.

이백 년도 더 지나 보이는
한옥 툇마루에 열 살 남짓 되는 여자 아이가
쪽진 머리를 하고 앉아 있다
대숲에선 푸른 바람이 불어오고
들판을 가로질러 흘러가는 강물 소리를 물고 온,
새들이 감나무 가지에 앉아 아이를 쳐다본다
아무도 없는 텅 빈 집에 홀로 앉아
바람을 고르고
햇볕을 고르고
소리를 고르던 여자아이가
하늘의 무늬를 물고 방그레 웃는다
아하, 대낮에도 별이 뜰 수 있구나
꽃을 물고 별이 될 수도 있구나
이백 년이 지나도록
한결같은 숨을 쉬며 빈 집에 깃들어 사는

꽃 한 송이 때문에
나는 왜 숨이 막히는 걸까

―「몽유도화도(夢游桃花圖)」 전문

시인이 그리워하는 것은 빈집에 핀 '꽃 한 송이'로 비유된 어린 '여자아이'이다. 아니 반대로 어린 '여자아이'로 비유된 '꽃 한 송이'이기도 하다. 사실 어떤 쪽이어도 상관은 없다. 꽃이거나 어린 여자아이이거나 그 존재는 "바람을 고르고 / 햇볕을 고르고 / 소리를 고르고" 있다. 자연 속에서 완벽한 조화를 이루며 자연과 하나가 되어 가는 과정을 시인은 그렇게 표현했을 것이다. '꽃을 물고 별이 될 수' 있는 이 아름다운 모습을 시인은 그리워하고 있다. 그것은 자연의 아름다움이고 또한 자연 속에서 티 없이 맑고 순수하게 살고 있는 아름다운 한 소녀의 모습이기도 하다. 이 깨끗한 아름다움을 시인은 그리워하고 있는 것이다. 하지만 중요한 것은 그러한 아름다움이 시인에게는 '텅 빈 집에 홀로 앉아' 있는 것으로 상상되고 있다는 점이다. 그것은 그러한 아름다움이 이미 사라지고 없기 때문이다. 있더라도 빈집처럼 점점 사라지고 무너지는 폐허 속에서만 가능하다는 것을 시인은 알고 있기 때문이다. 물론 200년 전 그림 속에서 시인은 그 아름다움을 만나고 있지만, 그것은 이미 사라지고 없는 어떤 그리운 아름다움의 상상적 표상일 것이다.

그런데 왜 우리는 사랑과 아름다움을 잃고 그리움 속에서

만 그런 것들을 꿈꾸어야 할까? 다음 시들에서 그 답을 찾을 수 있다.

파블로프!
벨소리가 나면 나는 침을 흘린다
전광판에 빨간 숫자가 켜지는 순간
긴장감에 바지가 젖고,

창구 안에서 주인의 숨소리가 들려오기 시작하면
온몸의 털이 곤두선다
나도 모르게 꼬리가 바람개비처럼 흔들린다

자동반사!
창구 안에서 서류만 쳐다보는 얼굴을 향해
비굴한 표정으로 허리를 숙이는 몇 분 동안
전표 안의 숫자만 바라보다 구역질이 났다

헤르메스의 도둑질을 고자질한 죄로
인간의 모습을 잃어버린 채
절해고도에 위리안치 된 시지프스처럼
나는 개도 안 물어가는 지폐를 물고
변함없이 거리를 어슬렁거리고 있다

—「슬기로운 은행생활」 전문

은행은 자본주의 사회의 욕망의 지표인 돈이 들어있는 공간이다. 우리는 이 공간에 들어오면 이곳이 배분해 주는 욕망의 먹이에 '파블로프'의 개처럼 침을 흘린다. 돈 앞에 비굴해지고 또한 그 비굴함에 '구역질' 나기도 한다. 그래도 그 지폐의 위력으로 '거리를 어슬렁거리고' 다닐 자유를 얻는다. 하지만 그 돈을 위해 '절해고도에 위리안치된 시즈프스'처럼 벗어날 수 없는 노동의 과업에 봉사해야 한다. 그러면서 우리는 사랑도 아름다움도 망각하고 '인간의 모습을 잃어버린 채' 살아가고 있다. 돈이라는 욕망의 도구에 슬기롭게 대응하다 정작 중요한 것을 모두 잃고 살아가는 것이 바로 우리의 삶이라고 시인은 씁쓸한 표정으로 돌아보고 있다.

다음 시는 욕망의 또 다른 모습을 보여주고 있다.

아무리 착한 동물도 입은 날카롭지
아무리 순한 짐승도 입을 벌리고 밥을 먹을 때
건드리면 물리고 말지
아직 이가 나지 않은 아기는 울음을 터뜨려
이빨 자국을 내지
오두막집에 들어갈 때도
궁전으로 들어갈 때도
입을 열어야 하고
기차를 타고 버스를 타고
비행기를 탈 때도 입을 열어야 하지

그런데 정작 그 사람의 마음속으로 들어가는
입을 찾지 못해 나는 여전히 길 위에서 방황을 하고
우주로 돌아가는 입을 찾지 못해
수십 년째 지구를 방황하고 있지
그렇지만 참으로 다행인 것은
내가 좋아하는 나비는
날카로운 이빨이 없다는 거야
그 아름다운 무늬로 햇살을 탁본하고
키 작은 대롱으로 수액을 빨아 먹는다는 거야
나도 이제 이빨을 그만 써야 할 때가 된 것 같아

—「입장정리」 전문

입은 욕망을 충족하는 중요한 도구이다. 입을 통해 음식을 먹어 식욕을 채우고 생명을 유지하고, 입을 통해 사랑을 나누고, 입으로 하는 말을 통해 욕망을 표현하고 배출한다. 입은 욕망의 수단이며 욕망 그 자체이기도 하다. 그뿐 아니라 모든 사회활동이나 사회적 위치도 '입구'라는 입을 열고 들어가야 수행할 수 있다. 하지만 입구에는 모두 '이빨'이 있다. 이 이빨이 있어 상처를 입고 남을 해치기도 한다. 욕망에는 필히 이 불행한 폭행이 수반된다. 그러다 보니 존재와 존재 간의 거리와 두려움과 경계가 생기는 것이다. 이 입이 많아질수록 즉 욕망 추구의 수단이 많아질수록 우리는 서로 간에 더 많은 상처를 입히는 사이가 된다. 그래서 시인은 '나비'를 그리워한다. 그것은 '아름다운 무늬로 햇살을 탁본'하는 미학적 존재이기도 하지만 이빨이 없어 남을 해치지 않는 진정한 사랑의 실천을 가능하게 하는 존재이기 때문이리라.

3. 그리움이 도달하는 곳

현실에서는 점점 사라져 가는 이 아름다움과 사랑을 시인은 어떻게 꿈꾸고 있을까? 다시 말해 시인의 그리움은 어디에 도달하는가?

밑을 보지 않은 사람은 불편하다
처음 누군가를 만나면 위만 보여준다
하늘과 가장 가까운 곳에 힘을 주고
장식을 하고 단장을 한다
그러다 가까워지면 손을 잡고 입을 맞추고 나서
드디어 밑을 보여준다
살아가는 일이란 결국 밑으로 시작해서 밑을
보여주며 끝난다
살아가는 동안 가까운 사람의 밑을 보지 않았다면
슬픔을 모르는 사람이다
강물도 흐르다 밑을 보여줄 때가 있다
사랑하는 사람도 살다가 밑을 보여줄 때,
그 밑을 보고 살아갈 수 있을 때

사랑이 완성된다
나무가 밑을 드러내며 옮겨질 때
실오라기 하나 걸치지 않은 채 산을 넘고
강을 건너도 당당한 건
밑이 부끄럽지 않기 때문이다
땅콩은 세상에 밑을 보여주는 게 송구스러워
땅 속으로 밑이 드는 것이다
위에서 만나 위를 다친 사람들이
밑을 보이며 떠나간 일은 이제 용서하기로 한다
밑져야 본전이다

—「밑의 사회학」 전문

시인은 사랑을 찾기 위해서 밑을 보고 살아갈 수 있어야 한다고 말한다. 우리는 누구나 위를 보고 살아가고 있다. 그래야 발전을 하고 성공을 한다. "소년들이여 야망을 가져라"라고 말하고 "높이 나는 새가 멀리 간다"고 말한다. 하지만 모두가 위를 보는 사회는 불행하다. "위에서 만나 위를 다친 사람"이라는 표현에서처럼 위만 보고 사는 삶은 다른 사람을 불편하게 하고 결국 다치게 만든다. 그것은 알게 모르게 폭력을 행사하는 일이고 밑에 존재하는 슬픔을 모르는 일이다. 반대로 사랑이나 아름다움 같은 그리운 것들은 아래에 있다고 시인은 생각한다. 나무도 강도 모두 밑을 향해 가는 것이 자연스럽듯이 "밑을 보고 살아갈 수 있을 때 / 사랑이 완성"

되고 진정 사랑하는 사람에게는 부끄럽지 않게 밑을 보여줄 수 있다고 시인은 말한다. 그리운 것들은 저 먼 높은 곳에 있는 것이 아니라 바로 우리 발아래 놓여 있다고 시인은 우리에게 알려주고 있다.

이런 '아래 이미지'는 다음 시에서도 잘 드러나 있다.

평창 재래시장에 가면 하루 종일 앉은뱅이 의자에
쭈그리고 앉아
부치기를 굽는 할머니들이 있다
집집마다 수십 년씩 같은 자리를 지키고 있는
할머니들은 늘 같은 자리에서 메밀전을 부치고
전병을 말고 수수부꾸미를 지진다
둥그런 솥뚜껑을 엎어놓고
굽은 허리를 녹여가며 둥글게 둥글게
반죽을 펴는 동안,
메밀은 봉평 산자락의 비탈 밭을 내려와
속이 허전한 사람들의 너른 초원이 되었다
...중략...
구월의 소금꽃을 그러안고 솥뚜껑 위에서
고랭지 배춧잎을 붙잡고 누워 있는
저 메밀의 심장에 한 세기를 건너온
평창 할머니들의 눅진한 자서전이 녹아 있다

— 「메밀하다」 부분

메밀전이나 수수부꾸미는 '쭈구리고 앉아' 부쳐야 한다. 메밀 역시 '봉평 산자락의 비탈밭을 내려와' 초원을 이루며 꽃을 피우고 씨앗을 맺는다. 메밀이나 메밀을 부치는 할머니들이나 다 낮게 내려와 살고 있는 것이다. 이 낮은 곳에서 '눅진한' 모습으로 녹아 있는 모습을 시인은 '메밀하다'는 새로운 말을 만들어 표현하고 있다.

시인은 이 낮은 곳에 있는 그리운 것들을 위해 기꺼이 처마가 되고자 한다.

처마는 사랑이다
내가 높은 빌딩도 펜트하우스도
부러워하지 않는 이유는
처마가 없기 때문이다
처마가 없는 집은 인정머리가 없고
처마가 없는 집은 그늘이 없다
그늘이 있어야 새들도 집을 짓고
그늘이 있어야 벌레도 쉬어갈 수 있다
처마를 만들 줄 아는 사람의 가슴에는
꽃도 깃들고 별도 깃들고 그리움도 깃든다
한 뼘이라도 처마를 내어주는 사람,
한 숨이라도 그늘을 만들 줄 아는 사람은
사랑이 깃든 사람이다
지나가는 사람도 처마가 있어야 비를 피하고

처마가 있어야 마음 놓고 울 수 있다
새들도 처마 아래서 가족을 만들고
빛을 모은다
처마의 그늘에서 깊어진 눈빛,
처마를 벗어나는 순간
사랑의 지팡이를 짚어야 한다

—「차마, 처마」 전문

처마는 그늘을 만든다. 그늘을 만든다는 것은 삶의 또 다른 어두운 이면을 볼 수 있다는 것이고 그것은 슬픔을 안다는 것이다. 그러므로 '처마가 없는 집은 인정머리가 없는' 것이다. 그늘이라는 슬픔을 아는 사람이 다른 사람을 위해 사랑을 베풀 수 있다. '빌딩이나 펜트하우스'처럼 그늘이 없이 삶의 밝음만을 쫓고 또 즐기는 사람은 다른 존재를 받아들일 여유가 없다. 빛이 빛나는 이유는 이 그늘이 있기 때문이고 그래야 그 안의 사람들이 '깊어진 눈빛'으로 서로를 볼 수 있게 되는 것이다. 시인은 어쩌면 말로 이 그늘을 만드는 사람이다. 그늘을 통해 각박한 삶에 여유를 만들고 다른 사람들이 가지고 있는 슬픔을 함께하고, 기쁨의 빛을 더 돋보이게 만든다.

그런 점에서 지리산은 우리의 역사의 그늘이고 또한 우리 민족의 처마이다. 그런 지리산을 김남권 시인은 이렇게 노래하고 있다.

겨울 나비를 만나려거든 지리산으로 가라
세석평전에 올라 아직 지지 않은
나뭇잎을 어루만지며 봄이 오기를 기다리는
간절한 숨결을 만져 보아라
천상과 지상의 경계가 다르지 않은 곳,
사람의 그리움이 날개가 되는 곳,
겨울 나비를 만나려거든 지리산으로 가라
밤새워 내리는 하얀 나비들의
소리 없는 날갯짓을 받들고
차갑게 식지 않는
별빛들의 합성 소리를 들을 것이다
천왕봉에 오르지 말아라
그곳에 오르고 나면 더 이상 지상에서는
머무를 곳이 없어진다
뱀사골에 깃들어도 좋고 불일폭포에
깃들어도 좋다
지리산은 사람의 발자국을
함부로 남겨두는 곳이 아니다
사람의 발자국은 단풍나무가 화엄의 날개를 붙잡고
노고단에 오를 때까지 허락하는 것이다
이 땅의 모든 어머니 된 여자들의 혼이
지상에서 마지막으로 머무는 그곳,
겨울 나비를 만나려거든 지리산으로 가라
사랑하는 동안 나비의 체온으로

심장이 뜨거워지는
그대 지리산으로 가라

–「그대, 지리산으로 가라」 전문

지리산에는 우리 역사의 한 자락이 묻혀 있고 그 역사를 이끌어 갔던 수많은 뜨거운 심장과 열정이 깃들어 있다. 시인은 그것을 "차갑게 식지 않는 / 별빛들의 함성 소리"라는 빛나는 감각적 표현으로 보여주고 있다. 그러기에 시인은 그곳에서 '어머니 된 여자들의 혼'이라는 생명의 힘을 느끼고 '겨울 나비'의 체온이라는 사랑의 온도를 체감한다.

4. 맺으며

김남권 시인의 언어는 무겁지 않고 현란하지도 않다. 그러면서도 정제되어 있어 이 절제된 언어들이 우리가 사는 삶의 현장을 경쾌한 실감으로 보여준다. 그 삶의 모습 속에서 우리는 우리가 잊고 살아왔던 그리운 것들을 다시 만나게 된다. 얼마나 많은 것들을 버리며 일상의 삶에 매몰되어 왔는지를 돌아보게 된다. 김남권 시인의 시들은 바로 이런 것들을 다시 불러내 우리 앞에 생생하게 되살린다.

이 시집의 시들에서 알 수 있듯이 김남권 시인은 어린 시절부터 삶의 어둠을 경험해 왔다. 하지만 그 슬픔을 캄캄한 자폐의 동굴이나 음습한 어둠의 세계로 만들어 내는 대신 다른 존재들의 슬픔을 돌아보고 치유하는 그늘로 바꾸고 있다. 그 그늘 속에서 우리는 시인이 그리워하는 그대를 다시 만난다.

그대가 마지막으로 나를 보았던 별빛 아래,
바람의 발자국이
녹기 시작했다

다시 인연은 시작되었다
다시 바람은 시작되었다

– 「천 년의 바람」 부분

천 년의 바람으로 그리워하는 '그대'는 바로 사랑이며 그 사랑을 노래하는 시며 시가 만들어내는 아름다움이다.

천 년의 바람

펴낸날 2023년 10월 30일

지은이 김남권
펴낸이 주계수 | **편집책임** 이슬기 | **꾸민이** 이화선

펴낸곳 밥북 | **출판등록** 제 2014-000085 호
주소 서울시 마포구 양화로7길 47 상훈빌딩 2층
전화 02-6925-0370 | **팩스** 02-6925-0380
홈페이지 www.bobbook.co.kr | **이메일** bobbook@hanmail.net

ISBN 979-11-5858-962-2 (03810)

※ 이 책은 평창군, 평창유산재단의 전문예술인 창작지원금을 받아 제작되었습니다.

평창군 평창유산재단